銀毛與斑斑

掃描 QRcode
聆聽故事

國家圖書館出版品預行編目資料

銀毛與斑斑／李民安文字;廖健宏繪圖.－－二版一
刷.－－臺北市: 三民,2022
面; 公分.－－(兒童文學叢書・童話小天地)

ISBN 978–957–14–7505–9 (精裝)
1. 圖畫故事書－－6-12歲兒童讀物

863.596   111012349

童話小天地

銀毛與斑斑

主　　編　簡　宛
文　　字　李民安
繪　　圖　廖健宏

發 行 人　劉振強
出 版 者　三民書局股份有限公司
地　　址　臺北市復興北路 386 號 (復北門市)
　　　　　臺北市重慶南路一段 61 號 (重南門市)
電　　話　(02)25006600
網　　址　三民網路書店 https://www.sanmin.com.tw

出版日期　初版一刷 2000 年 4 月
　　　　　二版一刷 2022 年 9 月
書籍編號　S855051
I S B N　978-957-14-7505-9

三民書局

海闊天空任遨遊

主編的話

　　小時候，功課做累了，常常會有一種疑問：「為什麼課本不能像故事書那麼有趣？」

　　長大後終於明白，人在沒有壓力的狀況下，學習的能力最強，也就是說在輕鬆的心情下，學習是一件最愉快的事。難怪小孩子都喜歡讀童話，因為童話有趣又吸引人，在沒有考試也不受拘束的心境下，一書在握，天南地北遨遊四處，尤其在如海綿般吸收能力旺盛的少年時代，看過的書，往往過目不忘，所以小時候讀過的童話故事，雖歷經歲月流轉，仍然深留在記憶中，正是最好的證明。

　　童話是人類智慧的累積，童話故事中，不論以人或以動物為主人翁，大多反映出現實生活，也傳遞了人類內心深處的心理活動。從閱讀中，孩子們因此瞭解到自己與周遭環境的關係。一本好的童話書，不僅有趣同時具有啟發作用，也在童稚的心靈中產生了意想不到的影響。

　　這些年來，常常回國，也觀察國內童書的書市，發現翻譯自國外的童書偏多，如果我們能有專為孩子們所寫的童話，從我們自己的文化與生活中出發，相信意義必定更大，也更能吸引孩子們閱讀的興趣。

這套《童話小天地》與市面上的童書最大的不同是，作者全是華文作家，不僅愛好兒童文學，也關心下一代的教育，我們都有一個共同的理想，為孩子們寫書，讓孩子們在愉快中學習。

想知道丁伶郎怎麼懂鳥語，又怎麼教人類唱歌嗎？智慧市的市民有多麼糊塗呢？小老虎與小花鹿怎麼變成了好朋友？奇奇的磁鐵鞋掉了怎麼辦？屋頂上的祕密花園種的是什麼？石頭又為什麼不見了？九重葛怎麼會笑？紫貝殼有什麼奇特？……啊，太多有趣的故事了，每一個故事又那麼曲折多變，讓我讀著不僅欲罷不能，還一一進入作者所營造的想像世界，享受著自由飛翔之樂。

感謝三民書局以及與我有共同理想的作家朋友們，我們把心中最美好的創意在此呈現給可愛的讀者。我們也藉此走回童年，把我們對文學的愛、對孩子的關心，全都一股腦兒投入童書。

祝福大家隨著童話的翅膀，遨遊在想像的王國，迎接新的紀元。

可愛的「不一定」

　　我們幾乎都有一個刻板的印象，那就是：大的比小的好，多的比少的好，快的比慢的好，長的比短的好，強的比弱的好。所以，當我們有機會選擇時，總要選那個大的、多的、快的、長的，和強的。可是，我們常常忘記了那句話：「尺有所短，寸有所長。」也忘記了，只有能在最恰當的場合，發揮最大效用的，才是最可取、最好的。

　　以前讀過一個故事，有一頭獅子救了一隻小老鼠，小老鼠感激之餘，對獅子保證：「獅子大王，以後有機會我一定要報答你。」獅子輕蔑的大笑：「你那麼渺小，我會有什麼要你幫助？別開玩笑了。」後來有一天，獅子誤入獵人的陷阱，被困在粗繩結的網裡，最後還是靠著小老鼠用那一嘴小牙齒，把網繩咬斷才得以脫困。

　　儘管你讀了這個故事，或許理智上有那麼一點明白，「小」也可以有「大」用，但是，今天讓你選，你會捨棄當獅子大王而選擇做小老鼠嗎？

　　千元大鈔有用還是小零錢有用？不一定呀！買昂貴的東西小零錢或許派不上用場，可是小零錢也可以累積成可觀的財富。

有時你會發現很難回答這樣的問題，那就是：

「這件衣服好不好看？」因為同樣一件衣服，穿在甲身上是「絕配」，但穿在乙身上可能只是個「笑話」。

所以，我在《銀毛與斑斑》這個故事裡，給小朋友們提供一個思考的方向：

一件事是「好」或「壞」，一種力量是「強」或「弱」，甚至一個人是「敵」或「友」，都是因時、因事、因地而改變，沒有定論的。因此，只有充實自己的能力，瞭解客觀的環境，進而掌握外在條件的變動，才是最佳的「生存」之道。

李民安

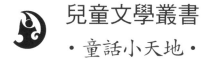

兒童文學叢書
・童話小天地・

銀毛與斑斑

李民安／文　　廖健宏／圖

三民書局

這原本該是個輕鬆舒暢的好日子，畢竟，熬過漫長寒冷的冬天，森林裡所有的動物，都已經迫不及待要鑽到春天和暖的陽光下，好好舒活一下筋骨了。

春天也是所有動物建立家庭，迎接新生命到來的重要時刻，每年春天，森林裡就陸陸續續的辦喜事，不久便多出許多新面孔。

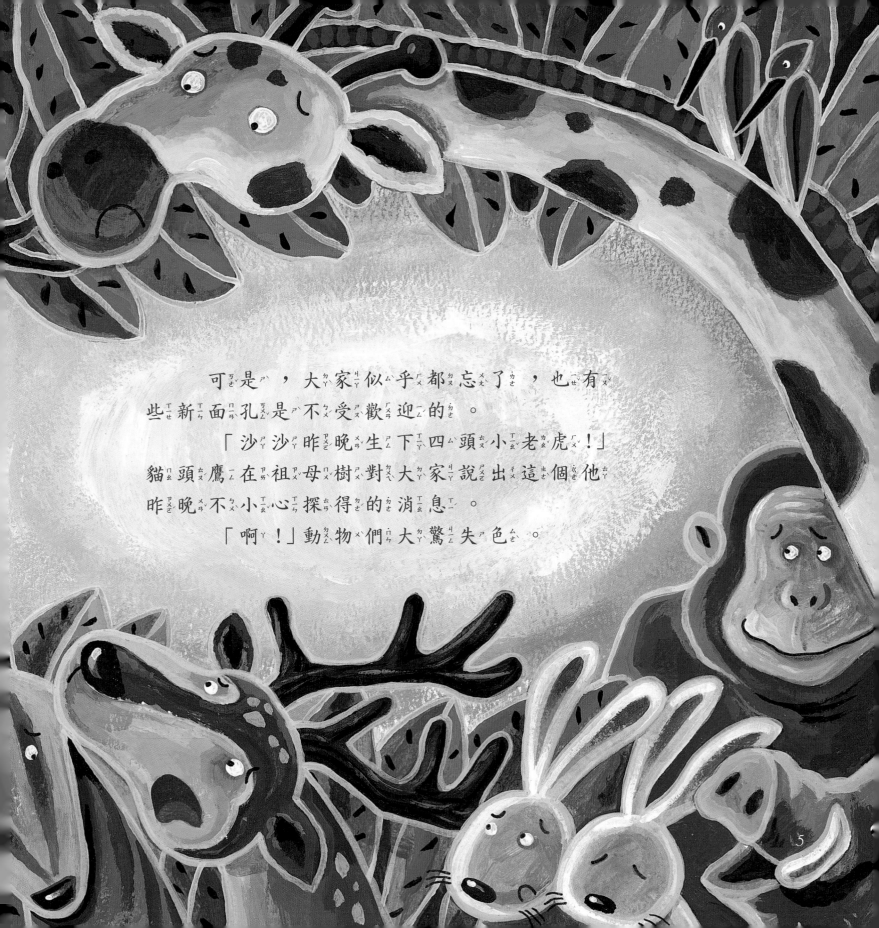

可是，大家似乎都忘了，也有
些新面孔是不受歡迎的。
「沙沙昨晚生下四頭小老虎！」
貓頭鷹在祖母樹對大家說出這個他
昨晚不小心探得的消息。
「啊！」動物們大驚失色。

　　沙沙住在森林北邊「鷹岩」的一角，是一頭漂亮的孟加拉虎，爪子尖銳，肌肉有力，一身金黃色的毛上，鑲著一條條黑色的斑紋，這令她在草叢中容易掩藏身體；而那兩排森森白牙，更是她在森林裡稱霸的武器。

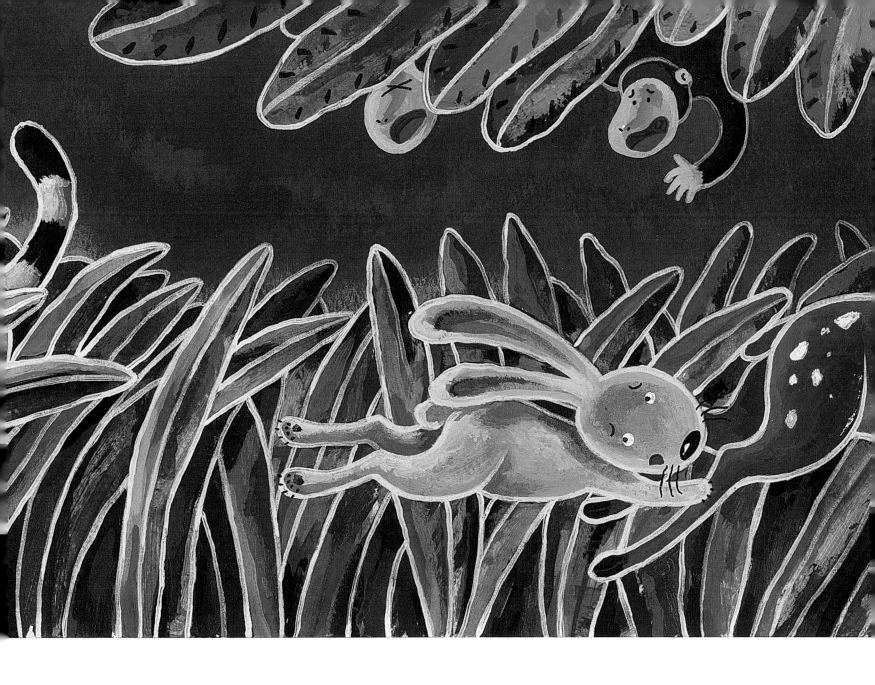

　　森林裡的羚羊、小鹿、野豬……這些常被沙沙抓來填肚子的動物，見到她色彩斑斕的身影，或聽見她從喉嚨深處發出的吼聲，無不嚇得屁滾尿流，恨不得多生兩條腿好快逃命。

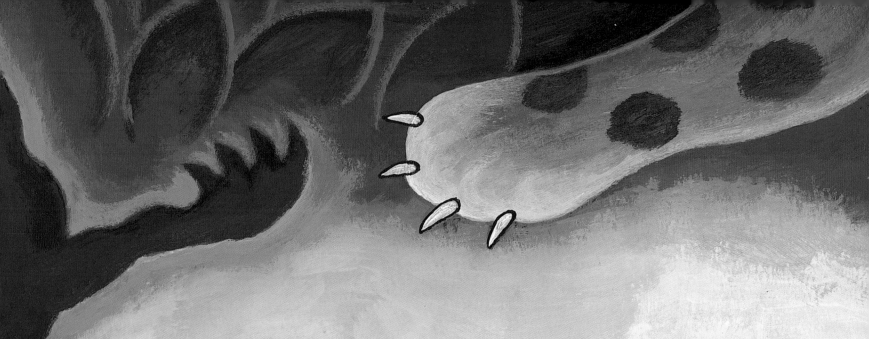

「換句話說，再過六七個月，我們又要多出四個張牙舞爪的敵人啦！」野豬媽媽看著腳邊粉嫩可愛的豬寶寶，憂心的說。

不是只有豬媽媽的寶貝處在危險中，大家都明白，自己剛出生，缺乏自保能力的下一代，全都籠罩在即將到來的巨大危機中。

「那該怎麼辦呢？」松鼠問。

「你們也不要太擔心，情況或許不會那麼糟。」貓頭鷹說：「據我所知，幼虎的死亡率很高，通常最多只會有兩隻活下來，要是我們的運氣好，說不定沙沙這一胎連一隻也養不活。」

「也只能這麼希望了。」羚羊說出大家的心聲。

貓頭鷹不愧是森林裡的博士，沙沙生下的四頭小老虎，很快就被土狼和花豹咬死兩頭，沙沙非常傷心，因此更加小心照顧剩下的兩頭小老虎。

　　和沙沙差不多時間做母親的，還有鹿群中的白蒂，她生下一頭可愛的小鹿，額頭上有一塊明顯的菱形白色斑紋，她叫他「斑斑」。

　　自從知道沙沙增添「虎口」的消息後，白蒂便替斑斑的處境擔心，她明白，弱小的斑斑根本不具備從虎口逃生的能力，她只能來來回回的把斑斑從頭到腳舔了又舔，因為小鹿的身上沒有什麼氣味，再加上老虎的眼力不好，很難辨認靜止狀態的動物，萬一斑斑真的不幸遇上沙沙，只要他能鎮靜的伏在草叢中不動，還是有很大的機會逃過一劫。

　　只是，在面對沙沙的追捕時，又有哪個動物，能沉得住氣不動呢？

　　十四天以後，小老虎們睜開了從出生後就一直閉著的雙眼。沙沙滿心喜悅的打量著孩子們。這兩頭和小貓咪一樣大小的小老虎，只有六十多公分長，兩公斤重。其中一頭的下顎、兩腮，和胸腹間的毛特別白，她決定叫他「銀毛」；另一頭的尾巴非常粗，而且幾乎全是黑色的，只有疏疏落落的幾圈黃毛，她覺得「黑鞭」這個名字對他十分貼切。

　　沙沙每天餵奶多次，銀毛和黑鞭都長得很好，六個星期過去，沙沙憑本能知道，該讓他們斷奶了。

這一天，沙沙叼回來一頭小野豬，黑鞭對鮮血淋淋的野豬，表現出高度興趣，他學著母親沙沙的樣子，從野豬最柔軟的肚子下口，他很快就發現，這種食物在嘴裡的感覺，比吸吮母親的奶水要刺激多了，他也馬上明白，嘴裡這些尖尖長長的牙齒，原來就是為他吃肉而準備的。

才一會兒的工夫，黑鞭已經成功的跨過斷奶的階段，從裡到外，成為一頭真正的小老虎了。而銀毛，雖然也對野豬肉很感興趣，卻吃得不大順利，他學黑鞭張大嘴巴用力一咬。

「什麼肉嘛，一點也不好吃。」銀毛將頭一扭，又鑽回沙沙的肚子底下去。

沙沙非常生氣，一巴掌把銀毛趕走：「去，去吃肉，以後沒有奶可吃了。」

　　「我不要吃肉，我喜歡喝奶。」

　　「你一天不學會吃肉，就一天離不開我身邊，也就永遠不會長成一頭真正的老虎。」

　　「那麼，我就不要長大，反正我喜歡跟著妳。」

　　「沒出息，你看你，哪有一點『百獸之王』的架勢？我偏不讓你跟著我，走遠點，去！」

　　銀毛不相信親愛的媽媽會對他說出這麼絕情的話，一時之間忘了要吃奶，只用一種傷心的眼神望著沙沙。沙沙的心一下子就軟了。

　　「哎！銀毛啊，媽不是不愛你才這麼說，相反的，我正是太愛你，為了你的將來才這麼說；你不可能一輩子跟著我，所以一定要跨出獨立求生的第一步。」

　　「我為什麼不能永遠跟妳在一起呢？」

　　「只怪我們身上的皮毛太漂亮了。自古以來，人們總是想盡辦法要得到我們的皮毛，說不定有一天，我不夠小心，誤入獵人的陷阱，就……」

　　「我不要聽，不要聽，哇……」

　　銀毛張大嘴痛哭失聲，沙沙憐愛的望著他，這一望，可望出一個令她又驚又急的大問題。

　　「老天爺，怎麼會這樣？」

　　沙沙一把拉過銀毛，用雙掌掰開他的上下顎，仔仔細細的檢查一遍，天哪，銀毛的嘴裡居然沒有牙齒。

　　一 —— 顆 —— 也 —— 沒 —— 有！

　　難怪餵奶時，銀毛不像黑鞭，會咬得她的奶頭好痛；難怪他對幼嫩可口的野豬肉沒有興趣；難怪他只要吃奶……，沙沙一下子全明白了。

　　一頭沒有牙齒的老虎，還配稱作老虎嗎？沙沙出神的思索這個問題的嚴重性，顧不了銀毛終於成功的鑽到她肚子下，啣住奶頭大力吸吮起來。

這一切全沒逃過暗中注意他們一舉一動的貓頭鷹，經由他的傳播，這個消息馬上就成了森林中的頭條新聞。

「無牙老虎？」猴子大哥難以置信的搖著頭說：「只聽過白毛老虎，還從沒見過沒有牙齒的老虎。」

「真是怪事年年有，今年特別多，不過這樣一來，我們的威脅總算是減輕了一點。」刺蝟說道。

「嗚，只是可憐了我的小寶貝呀。」野豬媽媽想起被沙沙叼走的孩子，不禁哭出聲來。

21

六個星期大的斑斑，長得雖然比別的小鹿瘦弱，但卻非常可愛，他學著哥哥姊姊，豎著兩隻和頭顱不成比例的大耳朵，不時像雷達一樣轉動方向，偵察草原各個角落的聲音，並試著分辨它們。不過，由於經驗不足，時常鬧笑話。

有一次，他把水塘裡的「嘓嘓」聲誤聽成大老虎，四腿發軟，跌在地上站不起來，把大家笑得半死，並從此得到一個「老鼠斑」的外號，因為大夥兒笑他的膽子只有老鼠那麼一丁點兒大，真是糗斃了。

由於天生的體質不佳，再加上有個「老鼠斑」的外號，斑斑註定在同伴中成為受氣包。

這天黃昏，小鹿中長得最高大、跑得最快的皮皮，又和一群愛拍「鹿」屁的死黨整斑斑；他們先用頭頂他，再把他趕得遠遠的，不讓他接近溪邊那片味道最好的鮮草地，斑斑又餓又氣，忍不住就哭了起來。

他恨自己沒有像爸爸頭上那樣雄偉尖銳的角，所以對皮皮他們的捉弄束手無策；而別的成鹿也都只是微笑著，任這幫孩子胡鬧，斑斑覺得這一點都不好笑，為什麼大家都把他的委屈當笑話看呢？他一氣，就離開草原，向森林走去。

「喂，老鼠斑，假如你走運，沒被森林裡的大老虎吃掉，要記得路回來呀。」皮皮叫著。

大家聽見都忍不住笑起來，因為誰也不相信斑斑會有膽子真正跑遠，連白蒂都跟著大夥兒一塊兒笑他。

白蒂的笑，傷了斑斑的心，他一賭氣，橫下心來，硬是不回頭，忍著快要流出來的淚水，朝森林深處奔去。

在鷹岩另一邊的沙沙，這些日子以來愁得不得了，她強迫銀毛去啃黑鞭吃剩的骨頭：「牙床多磨磨，牙齒說不定很快就會長出來了。」

銀毛心裡也很急，因為自從黑鞭開始吃肉後，長得飛快，四肢越來越有力，以前打起架來，他們倆還不時能打個平手，但最近，黑鞭總是一上來就能把他制住，騎在他身上，張著嘴巴炫耀那一嘴大白牙。

銀毛一想到黑鞭那副得意的嘴臉就一肚子氣，所以也顧不得牙床被硬邦邦的骨頭磨得很不舒服，每天都很聽話的努力嚼著。

也是這天黃昏，當他又在認真磨牙床的時候，剛飽餐了一頓斑馬肉的黑鞭，咂著舌頭走來。

「銀毛，我看你不必費勁囉，就守在媽身邊，做頭長不大的無牙老虎算啦。」

銀毛聽了，氣得跳起來向黑鞭撲去，黑鞭冷笑著揮出一掌，不費吹灰之力就把他打得四腳朝天。

「怎麼樣？服不服？」

　　銀毛氣得大吼，不料不吼還好，這一吼卻吼得黑鞭笑得滿地打滾：「笑死我了，可惜你看不到自己那副怪樣子，虧你還好意思開口叫呢，哈，哈，哈。」

　　銀毛又氣又惱，黑鞭那麼難聽的話，偏偏每一句都是真的，他只有強忍著淚水，狂奔進森林深處。

　　森林中央，有一棵大樹，粗壯的樹幹上，長滿了大大小小、五顏六色的香菇，常在附近活動的動物，都叫它「香菇樹」。

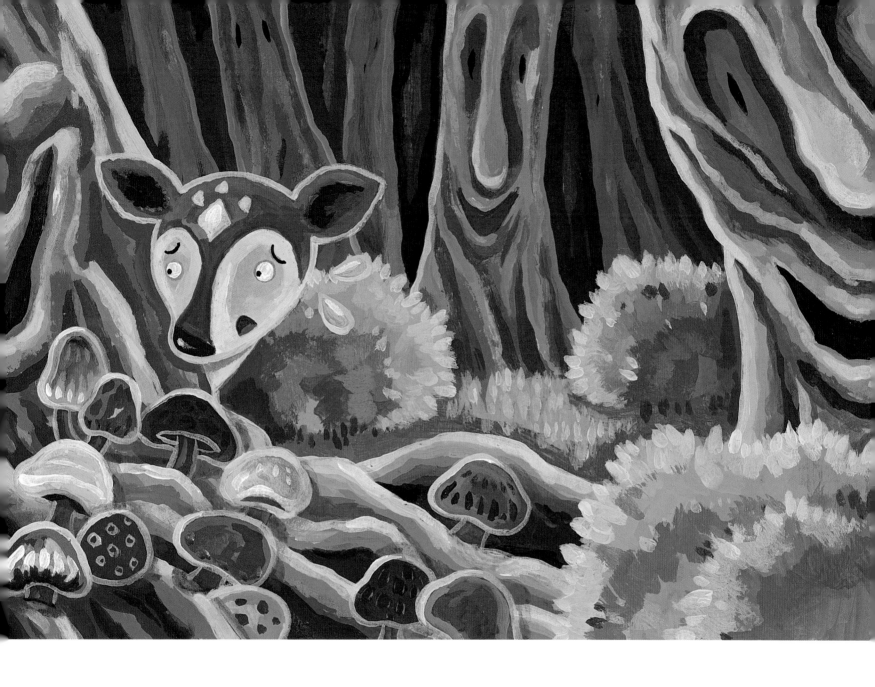

　　同樣跑得精疲力竭的銀毛和斑斑，從兩個相反
的方向跑來，在香菇樹下完全沒有心理準備的猛然
相遇，彼此都嚇得跳起來，發出一聲驚呼。

這個時候，他們兩個的勇氣差不多都剛好用完，銀毛和斑斑都害怕眼前出現的是凶惡的土狼、獅子。

他們停下腳步，把對方看清楚。

「好險！」銀毛想：「好在不是土狼獅豹。」

「完啦！」斑斑想：「真是老虎，這下我的小命完蛋了。」

然後，銀毛又想：「唉！儘管他只是一隻小鹿，我也拿他沒有辦法，誰教我是外強中乾、中看不中用的無牙老虎呢，我的未來還有什麼希望？」

他越想越傷心，忍不住放聲大哭起來。

斑斑原本嚇得半死，後悔自己逞強，卻又沒有本事，眼看著就要「鹿」入虎口，再也見不到媽媽了，他已經準備好要最後懦弱一次，狠狠大哭一場，不料眼前這頭老虎的動作比他更快，反倒先哭了起來。

銀毛這一哭，把斑斑哭得一頭霧水，自己的眼淚反而掉不下來了。

斑斑等銀毛哭了好一陣，看他似乎沒有惡意，才鼓起勇氣問道:「你叫什麼名字，為什麼哭得這麼傷心?」

「我叫銀毛。」

「哦，我知道你，你就是沙沙生的無牙老虎。」

「嗚……連你都知道我，都笑我，那麼整個森林……哇，我不管啦。」

斑斑打斷他:「我是知道你，可是並未笑你啊。」

34

「你沒有？你不會笑我是沒出息的假老虎？」

斑斑鄭重的搖搖頭：「我自己也是被他們嘲笑的『老鼠斑』，又幹嘛笑你？」

斑斑把自己受皮皮欺負，被大家愚弄的經過一五一十的說了出來，銀毛覺得聽起來就像是自己的遭遇，心有戚戚焉，便陪著斑斑號啕大哭。

哭了一陣，他們兩個心裡都覺得舒服多了，彼此生出一份特殊的友好感情。

咕嚕咕嚕，一陣像打悶雷的聲音。

「咦！那是什麼？」斑斑豎著像雷達一般的耳朵問。

「那是我肚子在叫的聲音，我餓了。」銀毛不好意思的說。

一提到餓這件事，斑斑的肚子也馬上有了反應。

「走，我們去找點吃的。」斑斑說。

「可是，我用什麼吃，又有什麼可以讓我吃？」銀毛愁眉苦臉的問。

「喂，銀毛，你試過吃草嗎？味道很不錯喔，而且到處都有，很方便，不必跑也不必殺就有得吃。」

「我從來沒吃過，試試無妨。」

銀毛在斑斑的指引下，用牙床咬緊矮樹叢上冒出的嫩葉尖，扯下一把在嘴裡咀嚼起來。

「呸！」他忍不住吐出來：「澀得要命，真不懂你怎麼能吃得那麼津津有味？」

37

看斑斑吃得那麼香，銀毛很嫉妒；忽然，他眼睛一亮，香菇樹後，一堆亂石中露出一隻馬腳，他跑過去撥開石堆，果然是吃剩的半隻死斑馬，大概是獅子的傑作，這倒好，省去自己獵食的麻煩。

只是，怎麼才能「吃」呢？

忽然，銀毛想到一個法子，他用全身唯一銳利的爪子，撕下一條斑馬肉，對斑斑說：「拜託你幫我嚼碎好不好？」

看銀毛餓得半死的可憐相，斑斑實在很難對這個「難友」說「不」，只好勉為其難的把銀毛撕下的斑馬肉放進嘴裡。

草食性動物的牙齒很難切斷食物，但磨碎卻沒有問題；斑斑忍著腥臭味，嚼了一口又一口，看著銀毛狼吞虎嚥的吃相，他也不懂：「老虎怎麼喜歡吃這種難吃的玩意兒？」現在為了朋友——一頭老虎，斑斑也只好認了。

　　斑斑覺得，銀毛雖然是人見人怕的老虎，大家公認的強者，但是目前的處境可能比自己還不如，自己起碼在「吃」這件大事上沒有困難；而自己在皮皮眼中是個不折不扣的弱者，今天自己這個弱者，居然還可以成為一個強者的大幫手。世界上的事真是難說得很啊！

　　他們兩個填飽肚子後，心情也好起來，再加上恐懼感消失，馬上就覺得睏了，便在香菇樹下舒舒服服的相互枕著睡著了，假如這時有個獵人走來，一定會被眼前的景象嚇得目瞪口呆：一隻小鹿依偎在一頭小老虎懷裡，睡得安穩自在。

　　一向以弱者自居的斑斑，現在一下變成了強者，他對銀毛生起一種要保護的心，根本忘記自己也只不過是隻幼鹿而已。

第二天，斑斑對銀毛說：「你一定要想法子有自己的牙才行。」

「可是它不長，我也沒辦法啊。」

斑斑說：「我媽媽常說『天下無難事，只怕有心人』，世上沒有『沒辦法』解決的事。」

銀毛真是太感動了，他覺得斑斑雖然是隻鹿，但對他這個「天敵」，要比黑鞭對待自己這個「手足」還要好。

「有了！」斑斑跳起來：「你不長真牙，我們就去找副假的來代替。」

「有道理。」銀毛覺得眼前似乎露出一線光明。

於是，他們開始在森林裡尋找。

森林裡到處都是動物的屍骨，骨頭沒了皮肉，但堅硬的牙齒還在。過去，銀毛對這些沒有用的動物枯骨，根本連看都懶得看一眼，現在卻像尋寶一樣仔細揀選，深怕漏掉有用的牙齒。

首先，斑斑找到一副羚羊的牙齒，銀毛裝上後試著咬一咬。

「不行，羚羊是吃草的動物，他的牙齒和你一樣，平平扁扁，沒辦法切斷或撕裂肉，更別想啃骨頭。」銀毛說：「我雖然不願意做一頭無牙老虎，可是也不想為了牙齒變成一頭吃草的老虎啊。」

「別急，我們再找找。」斑斑完全不認為老虎吃草有什麼不好，相反的，可能還「大好」呢！走了不遠，他們找到一副野豬的牙齒。

斑斑說：「野豬是吃肉的動物，你瞧他的牙齒又尖又利，好可怕喲。」

但是當銀毛把野豬的牙齒裝進嘴裡後，斑斑馬上改變了原先的想法，老虎嘴裡長個豬牙，非但不可怕，反而顯得很可笑。

　　所以，後來銀毛裝上猴子的牙齒、鱷魚的牙齒、犀牛的牙齒……也都非常沒有「王者」的氣勢可言。

　　銀毛失望透頂，差一點又要哭了：「怎麼就是找不到一副十全十美的牙齒可以給我用呢？」

　　不知又走了多久，又淘汰了多少假牙，忽然銀毛的眼睛一亮，他看到一頭豹子的屍體。

　　「太棒了，豹子、獅子，和我們老虎是同一家族的，我一定能用這副牙齒。」

　　果然，裝上豹牙的銀毛，的確完美，他終於放下一顆擔了好久的心；但對斑斑而言，他的心情卻很複雜，他一方面為銀毛高興，另一方面也為這場搜尋的落幕感到遺憾。因為這一路有銀毛相伴，斑斑在森林裡四處遊走時，感到前所未有的安心和自在，那些過去對他構成威脅的動物，無不退避三舍，不願輕易的前來挑釁，這令他不必時時神經緊張的處在備戰狀態，真是輕鬆快樂啊。

可惜，所有的快樂都有結束的一刻。

斑斑知道，他的「強者」生涯已如過眼雲煙，現在該乖乖回到鹿群中去了。

滿心歡喜的銀毛，不能察覺斑斑的失落，所以當斑斑說要離開時，他只有一點意外，並沒有太多不捨，畢竟，對有了一嘴利牙的老虎來說，他已是找回武器的強者，而一隻小鹿的友誼，相形之下，就沒有那麼重要了。

當斑斑重新回到鹿群之中時，包括皮皮在內，大家都對他另眼相看，從那時候起，「老鼠斑」這個綽號就被「老虎斑」取代了。

49

好幾個春去秋來，斑斑已經是一隻頭上長著雄偉鹿角、高大健壯的成鹿了。當他佇立不動，安穩得有如一塊岩石，當他發足狂奔，快得就像是一道黃色的閃電。

森林裡的動物都說，沒有誰能跑得比「老虎斑」快，或許，只除了一頭叫銀毛的老虎。

斑斑時常站在鷹岩對面的小山坡上，眺望著鷹岩的另一端；自從兩年前，沙沙被獵人射殺，黑鞭遠走森林南端的「石頭河」定居後，銀毛便接管了這附近的領地，儘管自分手後他們不曾再見過面，但由於這裡不時有動物慘遭「虎吻」的消息傳出，斑斑不難知道，銀毛的「虎威」很盛。

在斑斑的心中，有一個特別的角落是留給銀毛的，畢竟，很難找到另一隻鹿可以像他這樣，曾經擁有過一頭老虎的友誼。

　　這年夏天，一個又一個的熱浪，讓森林裡的水塘一個接著一個見了底，動物們不得已，只好跋涉到遠處面積廣大的「圓月池」飲水。

　　由於「圓月池」是大家僅有的選擇，所有弱小的動物，雖然明知道自己的剋星就在那附近出沒，但是為了飲水求生，也只好硬著頭皮前去。

　　又是一個月圓之夜，天上的月亮像一個大銀盤，倒映在池水中，如真如幻，夜色真美，斑斑經過白天的觀察，判斷大多數足以對他構成威脅的動物，都已吃飽喝足進入夢鄉，這才小心翼翼的到池邊喝水。

啊！真是甘美清涼的池水。忽然，有一個影子一閃，斑斑在水池中彷彿看見一個倒影，一身金色的毛上，鑲著一條一條黑色的斑紋，下顎、兩腮、胸腹間的毛，在月光下，白得像水銀一樣發亮。

是久違的銀毛。

斑斑緩緩抬起頭，正對著已長大不止一倍的銀毛，他相信，銀毛可以把他頭上那一塊特別的白色斑紋看得很清楚。

銀毛低低發出一聲虎嘯，微張的嘴裡，露出兩排尖銳的牙齒，他慢慢的走來，有著厚墊的虎爪踩在地上，沒有一點聲響。

斑斑的理智告訴他該立刻奔逃，但他的感情又促使他停下腳步。

這頭老虎還會是自己的朋友嗎？
……
……

56

寫書的人

李民安

　　李民安是個興趣廣泛的妙人，她常「自謙」十八般武藝「只會」十七樣，至於還不會的是哪一樣？她說：「我得想想。」而深知女兒心性的母親，則一針見血的下斷語：「十八般武藝，她只會一樣，就是『膽大』。」

　　因為膽子大，所以敢講、敢寫、敢畫、敢唱……，然後多講、多寫、多畫、多唱的結果，技巧日益純熟，人家便讚她會講、會寫、會畫、會唱……。

　　她寫的東西也和她的興趣一樣廣泛，也因膽大而敢於在報導文學、幽默散文、親子關係，和小說間「遊走」。曾出版兒童文學作品《一道打球去》，及《解剖大偵探——柯南‧道爾 vs. 福爾摩斯》，並不定時在《國語日報》撰寫親子專欄。

畫畫的人

廖健宏

　　1971 年生。他認為生活中最美的感動，是手握彩筆，隨心所欲的塗鴉，揮灑出彩色的、浪漫的圖畫世界。目前從事兒童書圖畫書的創作，希望能由創作中感受童稚的歡笑，並重溫兒時快樂的回憶。

　　曾獲：全省美展水彩入選、臺灣省環保處環保海報比賽第三名、《國語日報》童玩 DIY 社會組第一名、第七屆陳國政兒童文學獎圖畫書類佳作。

兒童文學叢書

童話小天地

 兒童及少年圖書類金鼎獎

 「好書大家讀」推薦好書

 中小學生優良課外讀物推介

　　童話的迷人，正是在那可以幻想也可以真實的無限空間，從閱讀中也為心靈加上了翅膀，可以海闊天空遨遊。這一套童話的作者不僅對兒童文學學有專精，更關心下一代的教育，出版與寫作的共同理想都是為了孩子，希望能讓孩子們在愉快中學習，在自由自在中發展出內在的潛力。

——簡宛（名作家暨「兒童文學叢書」主編）